AF311741

LA CLÉ DES Modulations

CH. CHAULIEU

Op. 220.

Chez J. MEISSONNIER à PARIS
Londres, Cocks et C.
1843

LA CLEF DES MODULATIONS

PAR CH. CHAULIEU Op. 220.

PRÉFACE

L'étude de l'harmonie est maintenant une partie essentielle de l'éducation musicale des jeunes personnes. Mais beaucoup d'entre-elles arrêtent à la connaissance de la basse continue, et la nomenclature des accords. Cependant le but qu'elles se proposent est-il rempli? Et d'abord, quel est ce but?

I.___ Ce but est de pouvoir rendre leurs idées sur le piano; de préluder quelques instans avant de commencer un morceau; et enfin, de joindre entr'eux deux morceaux dont le ton n'est pas le même.

Pour préluder, les modèles ne manquent pas et si une jeune personne veut apprendre une douzaine de préludes de mémoire, la pratique des accords et surtout celle des formules harmoniques lui rendront ce travail aisé.

Mais il lui sera plus difficile de joindre deux études ou deux morceaux quelconques, donc les tons n'ont souvent aucune relation, le hazard seul la fera réussir, si elle n'a pas étudié long-temps et très sérieusement la composition.

On peut toujours arriver à une modulation quelle qu'elle soit cela vrai; mais c'est en faisant ce qu'on appelle le *tour du Clavier* c'est-à-dire en allant de quinte en quinte en montant, si l'on module par les dièzes; (Ex: *a*) ou, de quinte en quinte en descendant si l'on module par les bémols, (Ex *b*)

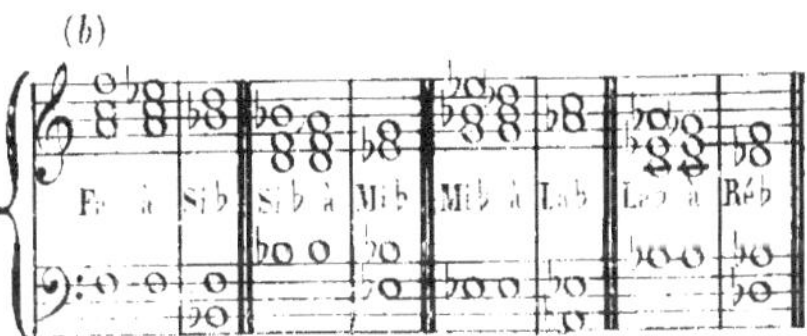

Ce moyen puéril et monotone quoique très rationel, est depuis longtemps banni et regardé comme peu digne d'attention.

II.___ La progression des dièzes, par quinte en montan et celle des bémols par quinte en descendant, n'est (ainsi que je l'ai démontré dans l'introduction à mon cours d'harmonie) que le résultat ingénieux du tétracorde des Grecs (1) appliqué soit par analogie, (2) soit par succession, (3) à tous les dégrés de l'échelle des sons primitifs que nous appelons gamme; car le mot gamme est d'origine moderne, et il faut, jusqu'à un certain point, ne considérer la gamme que sous le rapport gamme; c'est un alphabet; et de même qu'il y a trois genres en musique de même il y a l'alphabet *diatonique*, l'alphabet *chromatique* et l'alphabet *enharmonique*.

---

(1) Le Tétracorde était un instrument composé de quatre cordes: les deux cordes extrêmes étaient séparées par l'intervalle d'une quarte juste (deux tons et un demi-ton) et étaient invariables; les deux autres pouvaient être haussées et baissées.

DE LA GAMME.

La gamme n'est donc, rationnellement parlant, que la réunion des degrés musicaux dans les trois espèces différentes.

Cette grande question: La *Gamme* est elle *mélodique?* est alors résolue négativement; la fausse relation du 4º au 7º degré relation qui n'existe pas dans le tétracorde les grecs, le prouve évidemment pour le juger, il suffit de chanter **FA, SOL, LA, SI** aucun tétracorde ne peut contenir trois *secondes majeures* de suite et l'on doit chanter **FA, SOL, LA, SI** bémol.

Un travail harmonique a été nécessaire pour rendre la gamme supportable, car la base fondamentale s'y refuse comme on le verra dans le 3e paragraphe: la gamme ne renferme pas une bonne mélodie, donc, elle n'est pas mélodique.

ORIGINES MUSICALES.

DU ♭ ET DU ♯ ET DE LEUR PROGRESSION.

du bémol.

III ___ Pour les bémols; les tétracordes analogues sont rendus identiques (*) par l'altération du 4º degré.

Exemple.

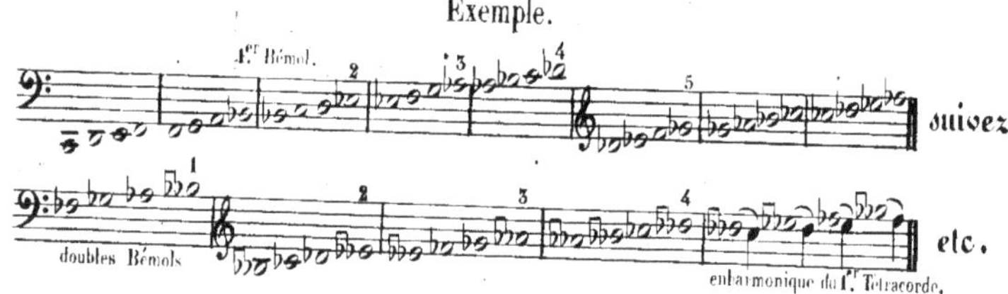

Voilà pourquoi les bémols sont invariablement employés dans cet ordre **SI, MI, LA, RÉ, SOL, UT, FA.**

ORIGINE DE LA NOTE SENSIBLE.

du dièze

Pour les bémols; les *tétracordes successifs* sont rendus identiques par l'altération du 3º degré Ce 3º degré forme toujours la note sensible.

Exemple.

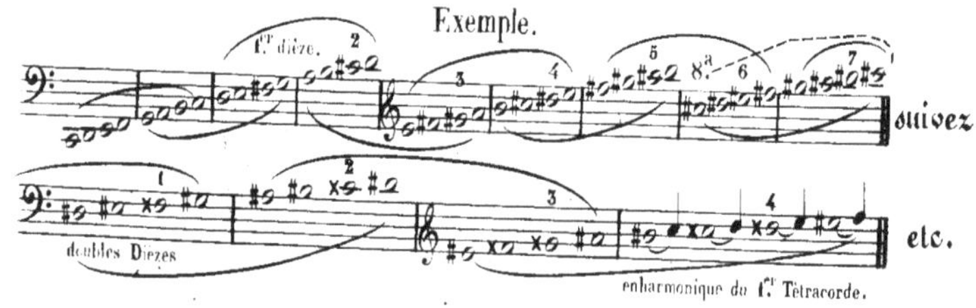

Voilà pourquoi les dièzes sont invariablement employés dans cet ordre **FA, UT, SOL, RE, LA, MI, SI.**

(*) Identiques __ composé des mêmes élémens. Deux secondes majeures et une mineure.

ORIGINE DES MODULATIONS.

Lorsque, beaucoup plus tard, l'harmonie a été inventée, on a voulu joindre deux tétra-
cordes  mais par la dureté de la fausse relation *Fa Si* on a été obli-
gé de conserver l'ancienne division en donnant un repos à chaque tétracorde, en montant, la tona-
lité a changé sur le 4e degré; en descendant elle a changé sur le 5e degré.

Ex:

ORIGINE DES QUINTES DÉFENDUES.

Mais lorsque, plus tard encore, une loi musicale défendit de procéder par deux accords par-
faits diatoniques en mouvement direct dont la resonnance produit des quintes,

Il fallut renoncer à l'emploi de la basse fondamentale et chercher quelque chose de mieux
que l'harmonie simple, c'est-à-dire, consonnante.

ORIGINE DES DISSONNANCES.

De là date l'emploi des dissonnances; alors, les accompagnements de la gamme se multiplièrent
à l'infini, chacun inventa les siens; mais la difficulté est restée toujours grande pour le passage du 5e
au 6e degré en montant, et pour celui du 5e au 4e en descendant; l'adjonction des deux tétracordes se
fait toujours sentir. La meilleure harmonie sous la gamme (meilleure parcequ'elle est plus simple)
est je crois celle-ci:

Mais la basse par mouvement contraire est certainement la plus agréable:

La gamme employée comme basse est encore plus agreable à l'oreille.

Nous voici donc en pleine voie de modulations, car, lorsqu'on renonce à l'harmonie consonnante pure, tout est possible prenons pour exemple, cette mélodie populaire, devenue triviale à force de simplicité.

Plaçons la, sans altérations, sur tous les degrés de la gamme et nous verrons quelles harmonies vont en résulter.

Vous voyez que le 1ᵉʳ et le 5ᵉ degrés sont semblables, parcequ'ils sont basés sur un tétracorde identique; mais le 3ᵉ le 4ᵉ et le 7ᵉ obligent à employer de l'harmonie contournée quoique bonne; et même l'oreille est plus surprise que charmée de la 2ᵉ mesure du 4ᵉ degré cependant lorsque la succession des accords est légitime, il n'y a rien à blamer.

J. M. 1859.

IV Il y a deux sortes ,de modulations : celles dont les accords ont une relation entre eux et celles dont les accords n'ont aucune relation.

La relation se constitue par une ou deux notes qui sont communes à l'accord parfait du point de départ et à celui du point d'arrivée .

La prolongation d'une note dans deux accords se nomme *Pivot* (*) elle rend le moyen mécanique facile.

Vous joignez à cela une formule qui consolide le nouveau ton, et le prélude est tracé . Il ne lui faut plus que la couleur, qui consiste dans l'emploi convenable , des gammes, des arpèges, et d'une phrase mélodique. Il n'y a rien de plus amusant que ce travail, après en avoir fait les premiers essais , on y passerait des heures sans les compter .

Mais lorsque la modulation ne présente aucune relation dans ses accords comme :

Il faut alors employer une modulation intermédiaire comme .

Ou , se servir du genre enharmonique, c'est ici qu'il est difficile de donner des conseils car les cas sont différens et nombreux.

La pratique de ce nouvel ouvrage : La Clef des Modulations , rendra ce travail très facile si l'on veut y apporter un peu d'observation.

DIVISION DE L'OUVRAGE

V__ Afin de rendre les recherches faciles, j'ai divisé ce traité en quatre chapitres.__ Chaque chapitre en **12** Sections basées sur les **12** degrés de la gamme chromatique.__et chaque section en **11** ou **12** numéros.

    1.er Chapitre *pour moduler* *de majeur en majeur* __ **11** N.os par **SECTION**.

    2.me Chapitre *pour moduler* *de majeur en mineur* __ **12** N.os par **SECTION**.

    3.me Chapitre *pour moduler* *de mineur en mineur* __ **11** N.os par **SECTION**.

    4.me Chapitre *pour moduler* *de mineur en majeur* __ **12** N.os par **SECTION**.

Ainsi, lorsque vous voudrez moduler de **SOL** *majeur* en **FA** mineur vous chercherez Chapitre **2**.d, Section **8**__ N.o **12** Pour cette opération, vous dites *du mode majeur au mode mineur*, Chapitre **2** *Sol* **8**.e degré de la gamme chromatique d'*Ut* et *Fa* ♯, **12**.e degré de la gamme chromatique de *Sol* une fois compris, ce mécanisme paraîtra très simple.

Il y a donc **552** préludes différens dans cet ouvrage. Mais pour l'observateur il n'y a que **46** modulations *Types*, qui multipliées par **12** produisent **552**. Ainsi chaque modulation est présentée **12** fois différemment ; car dans chaque chapitre les numéros des sections sont identiques, et voici comment :

    1.re SECTION N.o **1** *d'Ut* en *Ré bémol*.

    2.e SECTION N.o **1** *d'Ut* ♯ en *Ré*.

    3.e SECTION N.o **1** *de Ré* en *Mi bémol* et ainsi de suite ; or aller de *Ut* en *Ré* ♭ ou de *Ut* ♯ en *Ré* n'est-ce pas toujours monter d'un demi-ton ? La tonique du point de départ devient *dans ce cas* note sensible de la tonique du point d'arrivée.

Donc, l'élève qui aura joué avec soin, et à la suite l'un de l'autre, les douze préludes identiques du même N.o aura la clef de la modulation spéciale de ce numéro et partout de même.

Maintenant si vous voulez transposer chaque numéro identique d'un chapitre (et ceci est un exercice très utile, soit que vous le fassiez de mémoire, soit que vous l'écriviez) c'est-à-dire, mettre au départ d'*Ut majeur* tous les N.os **1**.er du premier chapitre ; ou, mettre au départ de *Sol mineur* tous les N.os **8** du troisième chapitre ; et ainsi de tous les autres ; vous aurez alors **12** fois **552** préludes ou **6624**. J'aurais pu le faire, mais cela eut donné a cet ouvrage **600** pages à peu près, et les gros livres me font peur.

D'ailleurs, je ne saurais trop engager les élèves studieux à faire ce travail utile et amusant, ne fut-ce que sur quelques unes des modulations dont l'emploi est le plus fréquent.

DE LA TRANSPOSITION

VI — La transposition est une chose si utile, qu'il serait puéril de le démontrer. A chaque instant, dans un salon, une personne qui chante, vous prie de l'accompagner quelques demi tons plus haut ou plus bas que l'écriture du morceau, suivant le plus ou le moins de puissance de sa voix; et, si vous n'avez pas cette habitude, vous êtes alors dans un très grand embarras. Comme théorie, la transposition est peu difficile; c'est une clef substituée à celle qui commence la pièce; mais, comme pratique, quelle différence ! Supposez la pièce en *Mi* ♭ le chanteur vous prie de l'accompagner un demi-ton plus bas, en *Ré* deux ♯ au-lieu de trois ♭ ou, un demi-ton plus haut, en *Mi* quatre ♯ au-lieu de trois ♭ et si le morceau module souvent, quel surcroît d'embarras.

L'étude de la transposition consiste donc principalement dans une longue pratique. Il faut surtout la commencer de bonne heure, par de petites pièces faciles et peu chargées de signes accidentels en cela comme en tout, la progression méthodique est la vraie clef du travail

Ainsi vous prendrez, Chapitre 1.ᵉʳ les numeros **1**, **5** et **7** de chaque section et vous les écrirez un demi-ton au dessus et un demi-ton au dessous. Après ce premier travail, vous pourrez prendre les numéros au hazard; mais, bornez vous pendant quelque temps à un ou deux demi tons au dessus ou au dessous du ton modèle. Quand au résultat, il est immense ouvrez le livre au Chapitre **3**, Section **9**, et examinez avec soin le moyen enharmonique par lequel la modulation de *La* ♭ ou *Sol* ♯ mineur se transforme dans ses onze tons corrélatifs ensuite, même chapitre, section **10**, partant de *La* mineur, vous trouverez la transposition exacte de la section **9**. Voilà le meilleur exemple que j'aie pu offrir aux amateurs de ce genre d'instruction. L'élève qui comprendra bien ceci (et j'ai taché de le rendre peu compliqué) aura déjà une grande habitude de l'emploi des dièses et des bémols et de plus une grande facilité pour moduler.

VII — J'ai taché de varier la forme de chaque prélude afin de multiplier les modèles et d'amener promptement à trouver soi-même le moyen de moduler avec facilité.

Presque tous les préludes ont une double barre avant la dernière mesure, en voici la raison. Je suppose que vous veuillez joindre le morceau que vous terminez à celui que vous allez jouer, si celui-ci commence par l'accord parfait sous sa forme naturelle, vous terminerez votre prélude avant les deux barres, avec un temps d'arrêt; ⌢ et par ce moyen, vous éviterez la redondance de deux accords semblables.

Dans les salons on joue maintenant beaucoup d'études et de pièces courtes; cette mode durera longtemps parcequ'elle est bonne et agréable.[*] On en joue ordinairement trois ou quatre; il faut donc *nécessairement* joindre les tons de chacune de celles qui se succèdent immédiatement, afin d'éviter de refroidir l'auditoire si on s'arrete; ou de choquer l'oreille si on ne s'arrête pas. Delà, l'utilité de ce livre.

Cet ouvrage qui est tout à fait neuf dans sont genre, n'est pas indigne, malgré ses imperfections, de l'attention des professeurs; et je le mets avec confiance sous leur protection.

CHAULIEU.

(*) L'emploi des pièces courtes à de grands avantages, car, vous pouvez vous faire entendre plus ou moins longtems, à votre volonté; suspendre ou continuer, suivant votre disposition personnelle, ou suivant que vous voudrez et surtout entremélez toujours vos petites pièces par les mouvemens lent et vifs et terminez invariablement aussitôt après celle pour laquelle l'auditoire a témoigné beaucoup de plaisir alors on vous dira que ce morceau est trop court &c &c !!

J. M. 1859.

LA CLEF DES MODULATIONS
PAR CH. CHAULIEU Op. 220.

POUR MODULER DU MODE MAJEUR AU MODE MAJEUR
d'Ut majeur en

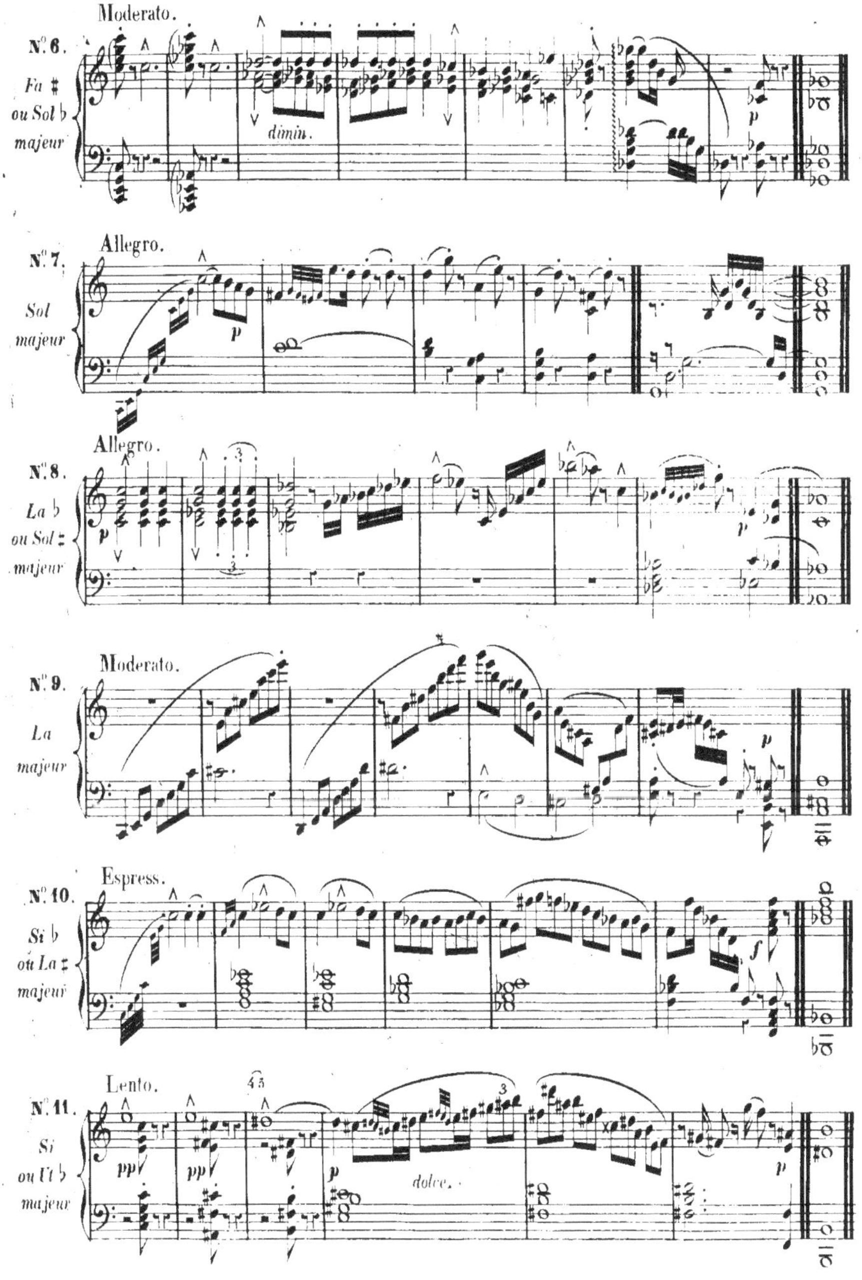
Moderato.
No 6. Fa ♯ ou Sol ♭ majeur
dimin.
p
Allegro.
No 7. Sol majeur
p
Allegro.
No 8. La ♭ ou Sol ♯ majeur
p
p
Moderato.
No 9. La majeur
p
Espress.
No 10. Si ♭ ou La ♯ majeur
f
Lento.
No 11. Si ou Ut ♭ majeur
pp
pp
p
dolce.
p

De Ré bemol en Ut♯ majeur en

de Réb ou Ut♯ majeur en

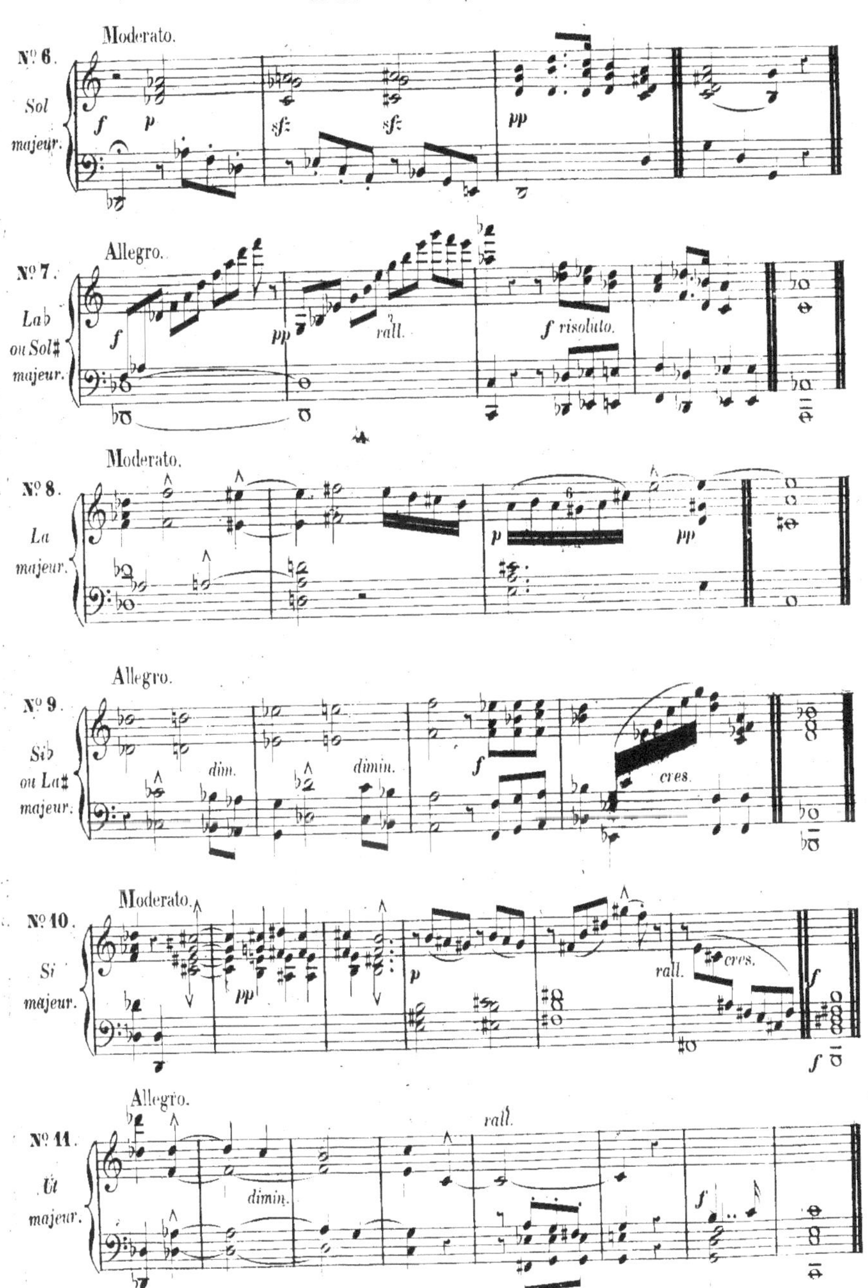

J. M. 1839.

de Ré majeur en

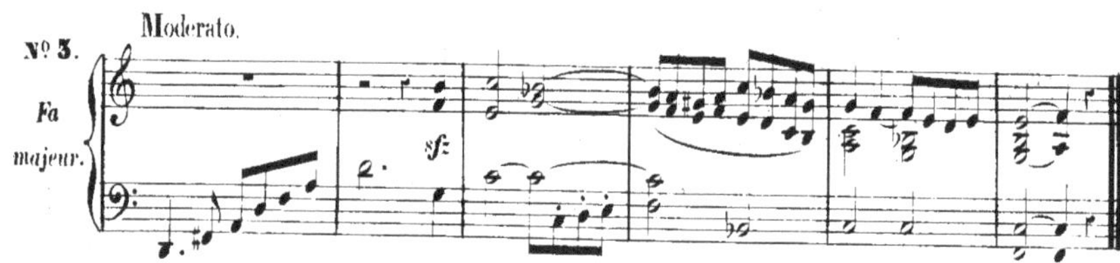

de Ré majeur en

J. M. 1859.

de Mi♭ ou Ré♯ majeur en

de Mib ou Ré♯ majeur en

N° 6.
Energico.
La
majeur.
f
cres.
f
14

N° 7.
Moderato.
Sib
ou La♯
majeur.
4 3 4 1

N° 8.
Lento.
Si
majeur.
Ped.
p

N° 9.
Allegro.
Ut
majeur.
p
cres.
ff
7

N° 10.
Lento.
Réb
ou Ut♯
majeur.
dolce.
21

N° 11.
Risoluto.
Ré
majeur.
f

de Mi majeur en

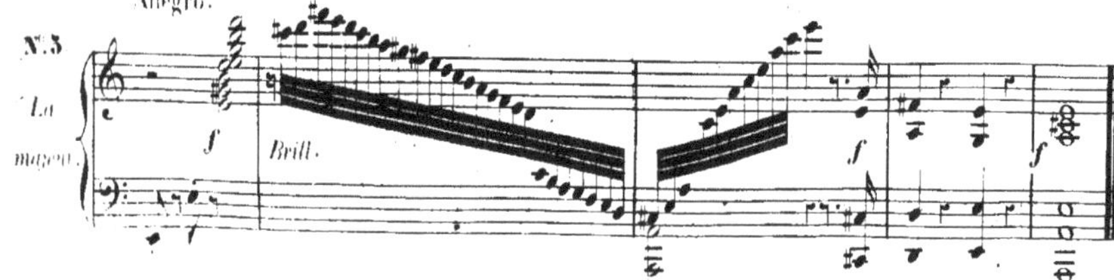

J. M. 1859.

de Mi majeur ou

Allegro.
N.º 6.
Si ♭
ou La ♯
majeur.
sfz   sfz   sf: sf:
ten.

Agitato.
N.º 7.
Si
majeur
p
cres.
cres.   rall.
am.

Vivace.
N.º 8.
Ut
majeur.
p
cres. _ _ _ cen _ _ do.
f

Allegro.
N.º 9.
Re ♭
ou Ut ♯
majeur.
f
cres.
ten.
ten.
f
rall.
p

Moderato.
N.º 10.
Re
majeur.
p dolce.
p

Allegro.
N.º 11.
Mi ♭
ou Re ♯
majeur.
p   f
p   f
ff
pp
Lento.

de Fa majeur en

de Fa majeur en

Nᵒ 1.
Moderato.
Sol majeur.
M.D. M.G. M.G. M.D. p
Nᵒ 2.
Lento.
La♭ ou Sol♯ majeur.
f pp 6 pp p
Nᵒ 3.
Moderato.
La majeur.
f p cresc. f
Nᵒ 4.
Lento.
Si♭ ou La♯ majeur.
rall. f sfz cresc. dolce
Nᵒ 5.
Allegro.
Si majeur.
f ten p calando. sostenuto.
Nᵒ 6.
Mesto.
Ut majeur.
p pp cresc. cresc. p

de Sol♭ ou Fa♯ majeur en

de Sol majeur en

N.° 1.   Moderato.
La ♭
ou Sol ♮
majeur.
dolce.
p

N.° 2.   Andante.
La
majeur.

Allegro.
N.° 3.
Si ♭
ou La ♯
majeur.
f   pp
calando.
cresc.
dimin.
Più lento.

N.° 4.   Lento.
Si
majeur.
53   53   53

N.° 5.   Moderato.
Ut
majeur.
35
rall.
dim.
p

de Sol majeur en

Moderato.
N°.1.
La majeur.
f
cresc.
sfz
f
N°.2.
Allegro.
Si♭ ou La♯ majeur.
f
sfz
ten.
N°.3.
Moderato.
Si ou Ut♭ majeur.
p
f
N°.4.
Ut majeur.
f
N°.5.
dolce.
Ré♭ ou Ut♯ majeur.
N°.6.
ten.
ten.
Ré majeur.
f
pp
f

De La♭ ou Sol♯ majeur en

J. M. 1839.

de La majeur en

de La majeur en

28
CHAPITRE 1ᵉʳ
de Si♭ ou La♯ majeur en
section 10.
Allegretto.
N°.1.
Si majeur
pp
p
cresc.
f
Moderato.
N°.2.
Ut majeur.
43
43
f
ten.
p
Vivace.
N°.3.
Ré♭ ou Ut♯ majeur.
f
Agitato.
N°.4.
Ré majeur.
pp
pp
pp
cres.
dolce.
Brillante.
N°.5.
Mi♭ ou Ré♯ majeur.
f
f
J.M.1859.

N° 6.
Mi majeur.
p
cres.
Allegro.
N° 7.
Fa majeur.
Moderato.
N° 8.
Sol ♭ ou Fa ♯ majeur.
Grazioso.
N° 9.
Sol majeur.
cres.
pp
Brillante.
N° 10.
La ♭ ou Sol ♯ majeur.
f
f f f
Moderato.
N° 11.
La majeur.
dolce.
rall.
dolce.
p

de Si majeur en:

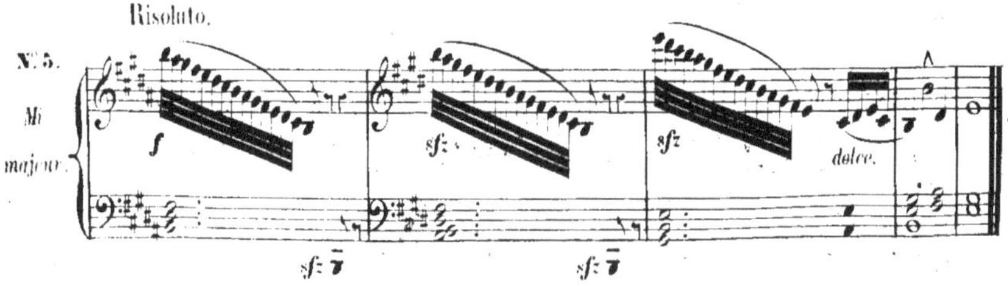

CHAPITRE 1.ᵉʳ   de Si majeur en

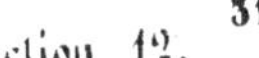

LA CLEF DES MODULATIONS

PAR CH. CHAULIEU Op. 220.

POUR MODULER DU MODE MAJEUR AU MODE MINEUR

de Ut majeur en

J. M. 1839.

de Ut majeur en

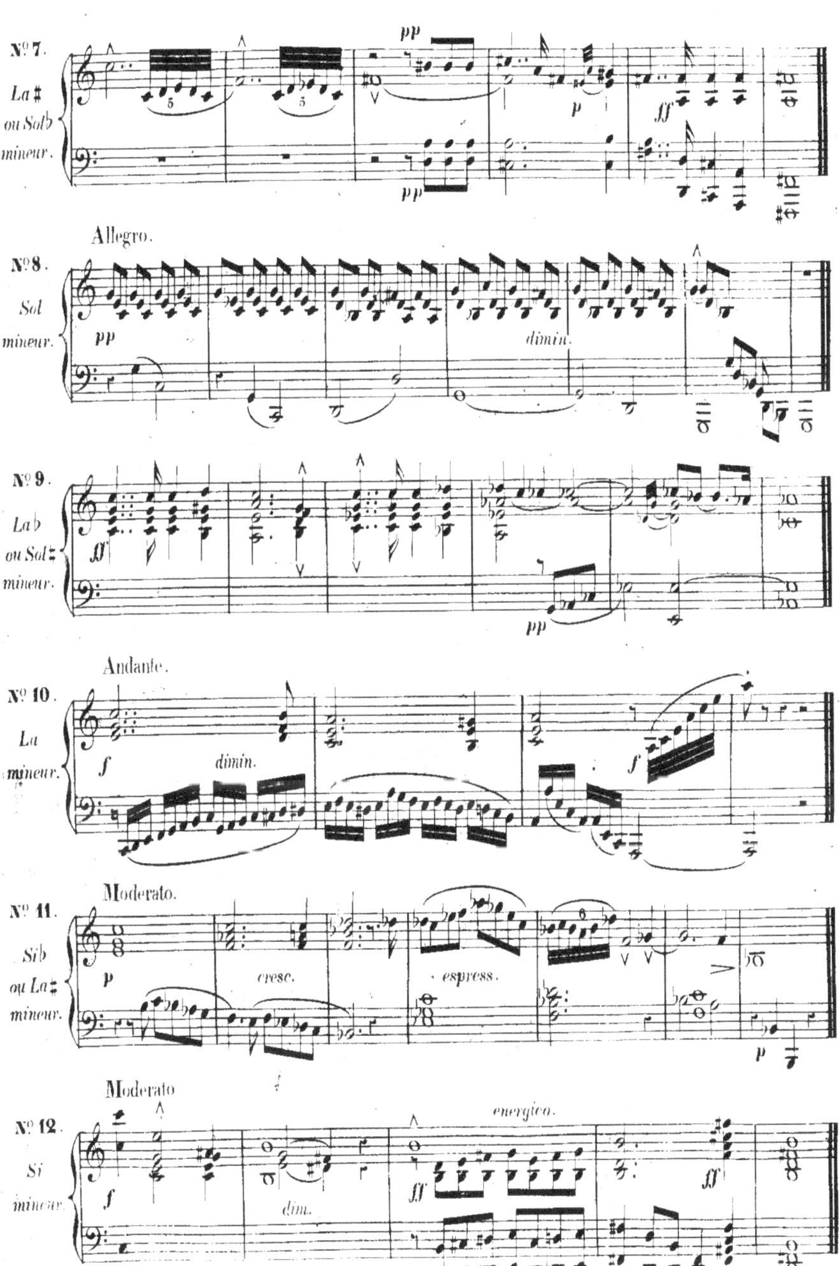

de Ré♭ ou Ut# majeur en

CHAPITRE 2ᵉ

de Ré♭ ou Ut♯ majeur en

de Ré majeur en

de Ré majeur en

de Mi♭ ou Ré♯ majeur en

de Mib ou Ré# majeur en

de Mi majeur en

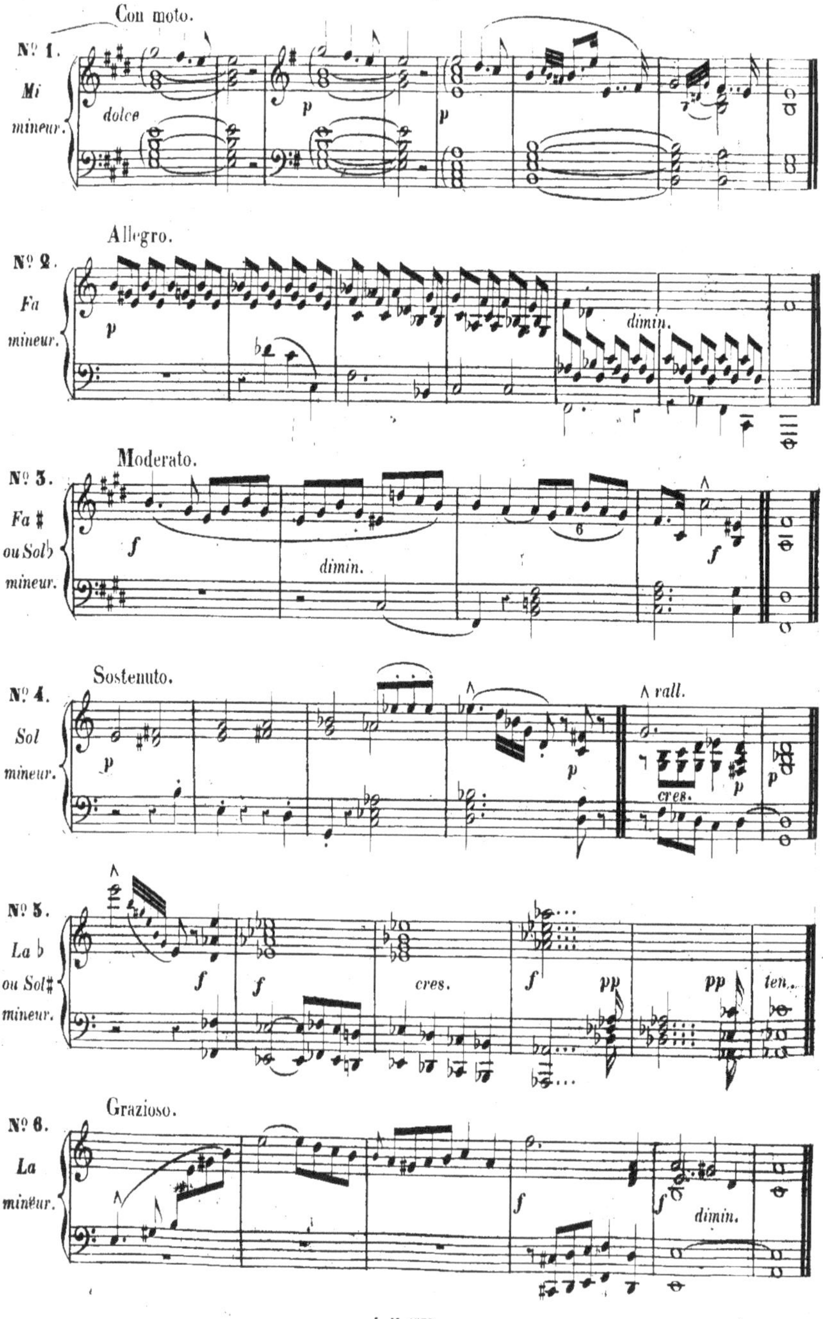
Con moto.
Nº 1.
Mi mineur.
dolce
p
p
Allegro.
Nº 2.
Fa mineur.
p
dimin.
Moderato.
Nº 3.
Fa ♯ ou Sol♭ mineur.
f
dimin.
6
f
Sostenuto.
Nº 4.
Sol mineur.
p
rall.
p
cres.
p
p
Nº 5.
La ♭ ou Sol♯ mineur.
f
f
cres.
f
pp
pp
ten.
Grazioso.
Nº 6.
La mineur.
f
f
dimin.

N.º 7.
Si b ou La# mineur.
Allegro.
ff
f

N.º 8.
Si mineur.
Moderato.
dim.
dimin.
pp

N.º 9.
Ut mineur.
Lento.
pp

N.º 10.
Re b ou Ut# mineur.
Risoluto.
f
rall.e dimin.

N.º 11.
Ré mineur.
Moderato.
cres.
p
dimin.
f

N.º 12.
Mi b ou Ré# mineur.
Moderato.
dolce.
dimin.

Presto.
N.º 1.
Fa
mineur.
p
dimin.
p
N.º 2.
Sol b
ou Fa #
mineur.
dimin.
N.º 3.
Con fuoco.
dolce.
Sol
mineur.
f
cres.
p
ppp
N.º 4.
La b
ou Sol #
mineur.
f
f
pp
pp
N.º 5.
Moderato.
La
mineur.
dim.
dim.
p
cres.
f
N.º 6.
Si b
ou La #
mineur.
p
p
ff
f
p

Allegretto.
N? 7.
Si
mineur.
p
pp
rall. espress. in tempo.
p
p
Moderato.
N? 8.
Ut
mineur.
f
ten.
ten.
pp
cres.
cres.
Allegro.
N? 9.
Ré b
ou Ut #
mineur.
dolce.
dolce.
sfz
Risoluto.
N? 10.
Ré
mineur.
f
dim.
p
Moderato.
N? 11.
Mi b
ou Ré #
mineur.
rall.
f
Risoluto.
N? 12.
Mi
mineur.
f
ff

N.º 1.
Fa♯
ou Sol♭
mineur.
Moderato.
N.º 2.
Sol
mineur.
dolce.
cres.
Allegro.
N.º 3.
La♭
ou Sol♯
mineur.
dolce.
Allegro.
N.º 4.
La
mineur.
cres.
Moderato.
N.º 5.
Si♭
ou La♯
mineur.
rall.
p
p
Allegro.
N.º 6.
Si
mineur.
f
f
f

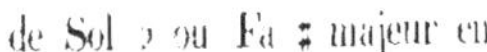
N.º 7.
Ut mineur.
p
risoluto
f
N.º 8.
Moderato.
Ré ♭ ou Ut # mineur.
f
pp
dim.
p
N.º 9.
Allegro.
Ré mineur.
f
pp
p
N.º 10.
Mi ♭ ou Ré ♭ mineur.
f
pp
fff
ppp
N.º 11.
Mi mineur.
f
p
ff
f
N.º 12.
Recitativo.
Fa mineur.
cres.
p

Nᵒ 1.
Sol mineur.
p
dim.

Sostenuto.
Nᵒ 2.
La b
ou Sol #
mineur.

Scherzando.
Nᵒ 3.
La mineur.
6
tr
p
p

Allegro.
Nᵒ 4.
Si b
ou La #
mineur.
ff
pp
p
pp

Nᵒ 5.
Si mineur.
ten.
p

Moderato.
Nᵒ 6.
Ut mineur.
sf
ff

de Sol majeur en
Allegro.
dimin.   dim.   rall.
N° 7.
Ut ♯
ou Ré ♭
mineur.
pp
cres.   dimin.
Moderato.
N° 8.
Ré
mineur.
p
pp
cres.
1   2
Allegro.
rall
N° 9.
Mi ♭
ou Ré ♯
mineur.
f
pp
Allegro.
N° 10.
Mi
mineur.
f   p
Moderato.
N° 11.
Fa
mineur.
f   f   f
dimin.
dim.
N° 12.
Fa ♯
ou Sol ♭
mineur.
dimin.
dimin.
dolce
p

de Lab ou Sol# majeur en

La ♭ ou Sol ♯ majeur en
Moderato.
N° 7.
Ré mineur.
dimin.
f
ff
Lento.
dim.
dim.
smorzando.
N° 8.
Mi ♭ ou Ré ♯ mineur.
pp
p
pp
rall.
pp
Fieramente.
N° 9.
Mi mineur.
f
pp
rall.
f
strepitoso
f
f
Moderato.
N° 10.
Fa mineur
p
dolce
dimin.
Moderato.
N° 11.
Fa ♯ ou Sol ♭ mineur.
f
p
pp
cres.
f
f
Lento
N° 12.
Sol mineur
tr
dimin.
p
f
f

de La majeur en

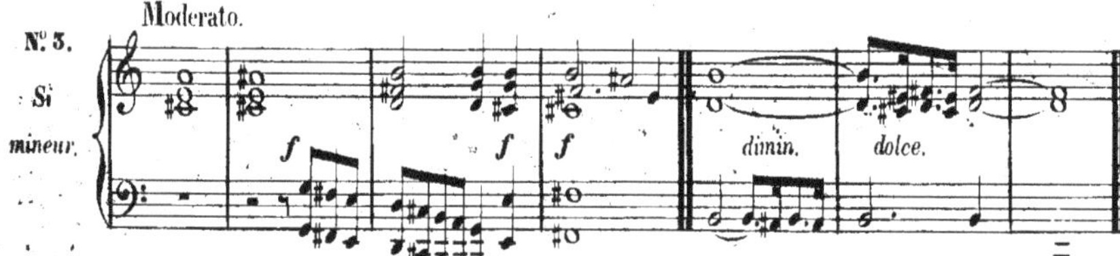

Sostenuto.
dimin.
N.º 7.
Mi♭
ou Ré♯
mineur.
cres.
p

Lento non troppo.
N.º 8.
Mi
mineur.
sf.
sf.

Tranquillo.
7   7   7   7   7
N.º 9.
Fa
mineur.
p
5

Brillante.
N.º 10.
Fa♯
ou Sol♭
mineur.
p
dolce.

Moderato.
43
N.º 11.
Sol
mineur.
f   f   f   p
p

Lusingando.
N.º 12.
Sol♯
ou La♭
mineur
dim - - rall
ff
pp

de Si ♭ ou La ♯ mineur en

N.º 7.
Sol mineur.
f
f
p
pp
pp
p

N.º 8.
Solemnel.
rall.
Fa mineur.
f
p
f

N.º 9.
Moderato.
dim.
Fa ♯ ou Sol ♭ mineur.
f
dim.

N.º 10.
Sol mineur.
dim.
dolce.
dimin.
M. D.
M. G.

N.º 11.
La ♭ ou Sol ♯ mineur.
f
p
pp

N.º 12.
Recitativo.
scherzando.
La mineur.
pp

N.º 1. Allegro.
Si mineur.
f dimin. p
N.º 2. Moderato.
Ut mineur.
f cres.
N.º 3. Andante.
Ut # ou Ré b mineur.
p p dimin.

N.º 4. Moderato.
Ré mineur.
f rall? pp
N.º 5. Allegro.
Mi b ou Ré # mineur.
f ten. f f
f f

N.º 6. Grazioso.
Mi mineur.
dim. p
p

FIN DU 2.ᵉ CHAPITRE.

LA CLEF DES MODULATIONS

PAR CH. CHAULIEU Op.220.

POUR MODULER DU MODE MINEUR AU MODE MINEUR

de Ut mineur en

J.M.1859.

de Ut mineur en

Allegro.

N° 1.

Ré mineur.

Lento.

N° 2.

Mi♭ ou Ré♯ mineur.

Grave.

N° 3.

Mi mineur.

Allegro.

N° 4.

Fa mineur.

Moderato.

N° 5.

Fa♯ ou Sol♭ mineur.

de Ut ♯ ou Re ♭ mineur en

de Ré mineur en

de Re mineur en

de Reb ou Ut# mineur en

Moderato.
N°6.
La
mineur.
f
dimin.
p
Allegro.
N°7.
Si b
ou La#
mineur.
dolce.
dimin.
cres.
f
Moderato.
N°8.
Si
mineur.
f
pp
f
Allegro.
N°9.
Ut
mineur
p
f energico.
f
Lento.
N°10.
Ré b
ou Ut#
mineur.
p
pp
pp
Risoluto.
N°11.
Ré
mineur.
pp
cres.
f

Allegro.
N.º 1.
Fa mineur.
p
f con fuoco.

Lento.
N.º 2.
Fa♯ ou Sol♭ mineur.
f
pp

Allegro.
N.º 3.
Sol mineur.
p
p
cres.
f

N.º 4.
La♭ ou Sol♯ mineur.
p
legato e piano.

Presto.
N.º 5.
La mineur.
f
ff
p

de Mi mineur en
Moderato.
Allegro.
N° 6.
Si♭
ou La♯
mineur.
p
pp
ff
N° 7.
Si
mineur.
p
f
p
Allegro.
N° 8.
Ut
mineur.
p
pp   cres — — — cen — do.
f
ff
N° 9.
Ré♭
ou Ut♯
mineur.
p
dolce.
f
Allegro.
N° 10.
Ré
mineur.
ten.
ten.
ff
pp
pp
p
Presto.
Lento.
N° 11.
Mi♭
ou Ré♯
mineur.
ff
pp
pp
pp

Lento.
dolce e Mod.ᵗᵒ
N.º 1.
Sol b
ou Fa ♯ -
mineur.
f
pp
p

N.º 2.
Sol
mineur.
cres.
rall.º
tr
f

N.º 3.
La b
ou Sol ♯
mineur.
ff
pp

N.º 4.
La
mineur.
dolce.

N.º 5.
Si b
ou La ♯ -
mineur.
f
f
f
ff

de Fa mineur en

de Fa♯ ou Sol♭ mineur en

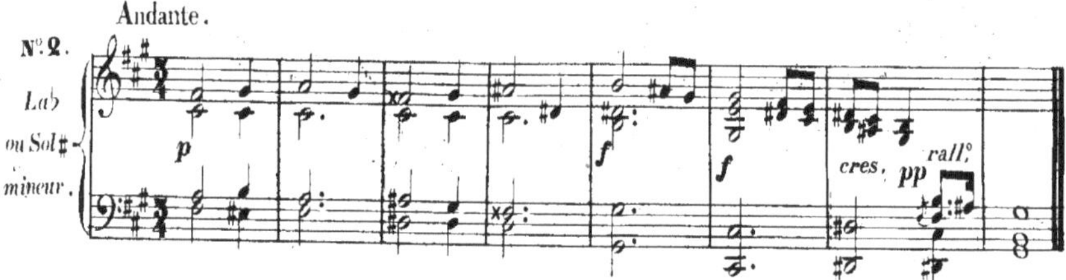

de Fa ou Sol♭ mineur en

N.º 1.
Lab ou Sol# mineur.
Grazioso.
f
f
f
p
dolcissimo.

N.º 2.
La mineur.
Allegro.
ff ff f dolce.

N.º 3.
Sib ou La# mineur.
Allegro.
ff
dolce. f
cres.
ff pp
pp
f

N.º 4.
Si mineur.
Allegro
f
f p
cres.
Pe rall.º
3 4 3 4
2 1 3

N.º 5.
Ut mineur.
Pesante.
f
cres rall.º
con 8va ad libitum.
ff

de Sol mineur en

   de La♭ ou Sol♯ mineur en

de La ou Sol♯ mineur

 de La mineur en

Allegro.

de La mineur en

Nº 1.
Si
mineur.
2

Nº 2.
Ut
mineur.
f
dimin.
dolce
espress.
p
f

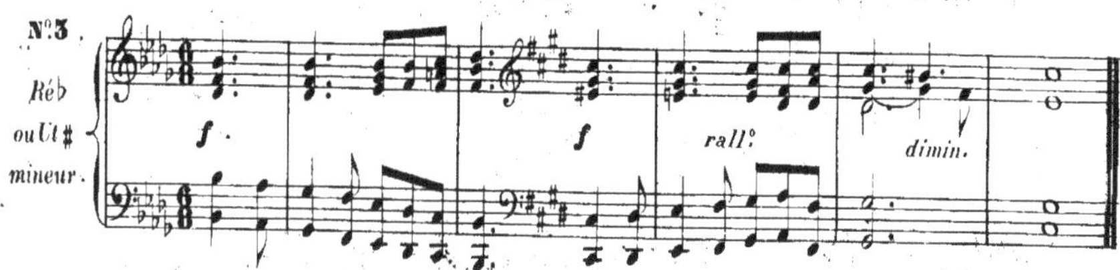
Nº 3.
Ré♭
ou Ut♯
mineur.
f
f
rall.
dimin.

Nº 4.
Ré
mineur.
f
cres.
espressivo.
pp

Allegretto.
Nº 5.
Mi♭
ou Ré♯
mineur.
p
f
pp
rall.

de Réb ou La# mineur en.

de Si mineur en

Grave.

N.º 1.

Ut
mineur.

N.º 2.

Ré b
ou Ut #
mineur.

N.º 3.

Ré
mineur.

N.º 4.

Mi b
ou Ré #
mineur.

N.º 5.

Mi
mineur.

de Si mineur en

LA CLEF DES MODULATIONS

PAR CH. CHAULIEU Op. 220.

POUR MODULER DU MODE MINEUR AU MODE MAJEUR

de Ut mineur en

J.M. 1859.

de Ut mineur en

N°7. *Sol♭ ou Fa♯ majeur*

N°8. *Sol majeur*

N°9. *La♭ ou Sol♯ majeur*

N°10. *La majeur*

N°11. *Si♭ ou La♯ majeur*

N°12. *Si majeur*

J. N. 1859.

Moderato.
N.º 1.
Ut ♯
ou Ré ♭
majeur.
cresc.
dim.
dolce.
Allegro.
N.º 2.
Ré
majeur.
p
cres.
f
ff
p
Sentimentale.
N.º 3.
Mi ♭
ou Ré ♯
majeur.
p
Moderato.
N.º 4.
Mi
majeur.
f
rall.
p
Allegro.
N.º 5.
Fa
majeur.
cres.
rall.
in tempo.
Allegro rustico.
N.º 6.
Sol ♭
ou Fa ♯
majeur.
f
p
f
p
f
risoluto.
J.M.1859.

CHAPITRE 4.
section 2.
85
de Ut ♯ ou Ré ♭ mineur en
Moderato.
N.º 7.
Sol
majeur
f p f f dolce p
Lento.
N.º 8.
La ♭
ou Sol ♯
majeur
f sf dimin
6
Allegro vivace.
N.º 9.
La
majeur
f pp rall.º f f
Moderato.
N.º 10.
Si ♭
ou La ♯
majeur
f p pp f f
N.º 11.
Si
majeur
dolce
pp
N.º 12.
Ut
majeur
Moderato.
Allegro.
f pp rall.º f cres. f
f
J.M.1839.

Moderato.
Nº 1.
Ré majeur.
f
p
dolce.
Allegro.
Nº 2.
Mi b ou Ré♯ majeur.
f
cres.
ff
dim.
pp
p
Adagio.
Nº 3.
Mi majeur.
sfz
pp
ten.
5
4
1
cres.
3
1
Allegro.
Nº 4.
Fa majeur.
f
sfz
sfz
rall.
dimin.
p
p
Moderato.
Nº 5.
Fa ♯ ou Sol♭ majeur.
p
sfz
dim.
rall.
f
f
Vivace.
Nº 6.
Sol majeur.
p
calendo.
cres.
f

de Ré mineur en

de Mi ♭ ou Ré ♯ mineur en

Moderato.
No 7.
La
majeur
Allegro.
rall.
f
p
Lento.
No 8.
Si♭
ou La♯
majeur
dolce.
Vivace.
No 9.
Si
majeur
f
p
cres.
f
Moderato
No 10.
Ut
majeur
dolce
ten.
ten.
pp
pp
p
p
Allegro.
No 11.
Ré♭
ou Ut♯
majeur
Allegro.
No 12.
Ré
majeur
mf
pp
cres.
f

N.° 1.   Moderato.
Mi majeur
f p   f p   dolce.   rall.° assai.   dimin.
N.° 2.   Moderato.
Fa majeur
31 15   31 15 15
f 1   1   p   1   cres.   dim.
p 4
N.° 3.   Allegro.
Fa# ou Sol♭ majeur
f   cres.   f f pp
N.° 4.   Moderato.
Sol majeur
cres.   dolce.
N.° 5.   Allegretto.
La♭ ou Sol# majeur
dolce.
N.° 6.   Allegro.   ten.   Allegretto.
La majeur
dolce.   f
sf

J.M.1839.

N.º7.
Moderato.
Si♭
ou La♯
majeur
f
ten.
p
cresc.
f

N.º8.
Moderato.
Si
majeur
p

N.º9.
Sostenuto.
Ut
majeur
f

N.º10.
Ré♭
ou Ut♯
mineur
p
f

N.º11.
Allegro.
Ré
mineur
p
cres
f

N.º12.
Lento.
Mi♭
ou Ré♯
mineur
p

N.º 1.
Fa
majeur.
Allegro.
ff
pp
p
N.º 2.
Sol♭
ou La♯
majeur.
Moderato.
f
dimin.
p
N.º 3.
Sol
majeur.
Allegro non vivace.
sfz
N.º 4.
La♭
ou Sol♯
majeur.
Moderato.
f
1 2 1
p
N.º 5.
La
majeur.
Allegro.
f
p
f
3
3
N.º 6.
Si♭
ou La♯
majeur.
Lento.
pp
pp
dolce.
pp
3 3 3
3

CHAPITRE 4.ᵉ   de Fa mineur en   section 6.ᵉ

Moderato.   **Allegro.**

N.º 7.
Si
majeur.

rall.   *pp*   *ff*   *f*

Moderato.

N.º 8.
Ut
majeur.

pp   *sf*   *pp*

Moderato.

N.º 9.
Ré
ou Ut
majeur.

dimin.

Allegro.

N.º 10.
Ré
majeur.

p   *f*   *f*

Allegro.

N.º 11.
Mi
ou Ré
majeur.

f   *lento. f*   *cres.*

Moderato.

N.º 12.
Mi
majeur.

p   *cres*   *pp*

Nº 1
Fa♯
ou Sol♭
majeur
dolce.
f
p
f
Nº 2
Sol
majeur
Moderato
cres
zf8
Nº 3
La♭
ou Sol♯
majeur
Lento
f
pp
dolce
cresc.
Nº 4
La
majeur
Allegro.
p
f
dolce.
f
Nº 5
Si♭
ou La♯
majeur
Moderato.
p
f
Nº 6
Si
majeur
f
dimin.
rall.
dimin.
pp

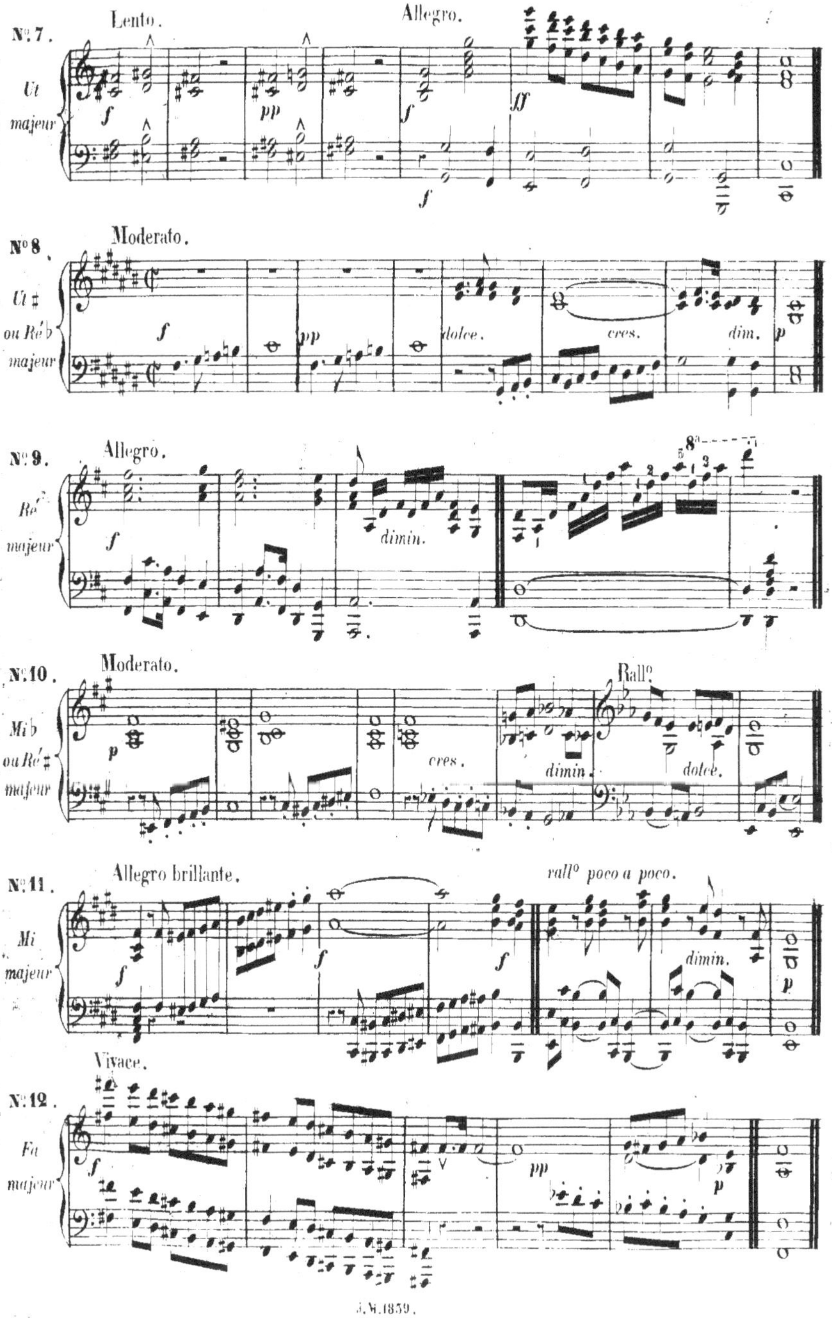

N° 7.
Ut majeur
Lento.
Allegro.
f
pp
ff
N° 8.
Ut ♯ ou Ré ♭ majeur
Moderato.
f
pp
dolce.
cres.
dim.
p
N° 9.
Ré majeur
Allegro.
f
dimin.
8a
N° 10.
Mi ♭ ou Ré ♯ majeur
Moderato.
p
cres.
dimin.
Rallo
dolce.
N° 11.
Mi majeur
Allegro brillante.
f
rallo poco a poco.
dimin.
p
N° 12.
Fa majeur
Vivace.
f
pp
p

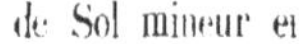

de Sol mineur en

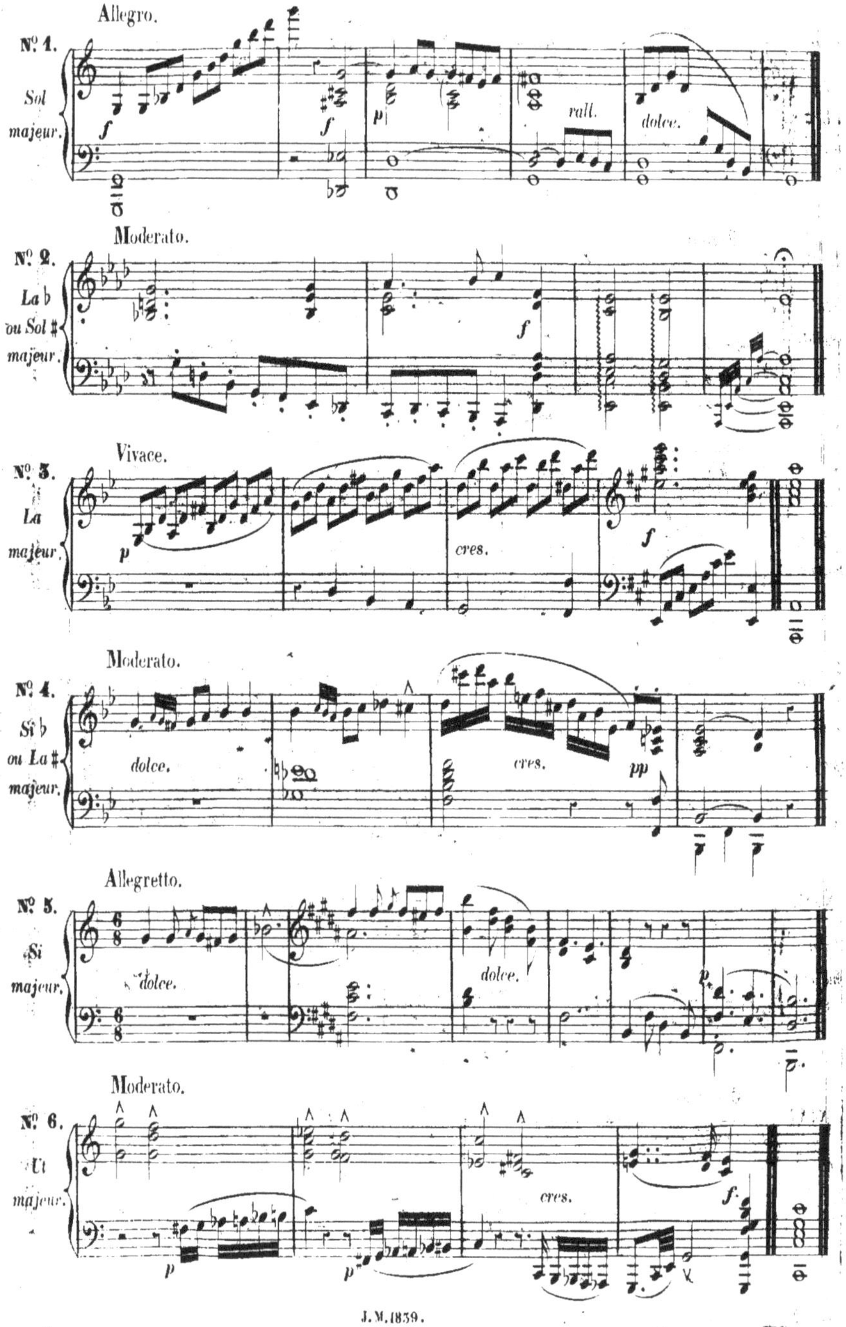
Allegro.
No. 1. Sol majeur.
f
f
p
rall.
dolce.
Moderato.
No. 2. La ♭ ou Sol ♯ majeur.
f
Vivace.
No. 3. La majeur.
p
cres.
f
Moderato.
No. 4. Si ♭ ou La ♯ majeur.
dolce.
cres.
pp
Allegretto.
No. 5. Si majeur.
dolce.
dolce.
p
Moderato.
No. 6. Ut majeur.
p
p
cres.
f

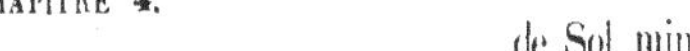
de Sol mineur en

Moderato.
Nᵒ 7.
Ré♭
ou Ut♯
majeur. 
cres.
pp

Allegretto.
Nᵒ 8.
Ré
majeur. 
f
dolce.
cres.
dimin.

Allegro.
Nᵒ 9.
Mi♭
ou Ré♯
majeur. 
f
pp

Presto.
Nᵒ 10.
Mi
majeur. 
f

Allegro.
Nᵒ 11.
Fa
majeur. 
dolce.
f

Moderato.
Nᵒ 12.
Fa♯
ou Sol♭
majeur.
f

Nº 1.
Moderato.
La ♭ ou Sol ♯ majeur
pp
espress.
rall.
811
Nº 2.
Moderato.
La majeur
f
p
f
p
Nº 3.
Allegro.
Si ♭ ou La ♯ majeur
p
rall.
cres.
Nº 4.
Allegro.
Si majeur
f
f
lento.
pp
Nº 5.
Moderato.
Ut majeur
f
f
f
Nº 6.
Ut ♯ ou Ré ♭ majeur
dolce.
sfz
dimin.

N°.7.
Allegro
Ré majeur
f
p
f risoluto
N°.8.
Allegro.
Mi♭ ou Ré♯ majeur
f
f
ff
dimin. e rall.
pp
N°.9.
Allegro vivo.
Mi majeur
f
p
cres.
f
N°.10.
Moderato.
Fa majeur
f
p
p
dimin.
N°.11.
Moderato.
Fa♯ ou Sol♭ majeur
p
f rall. ff
N°.12.
Moderato.
Sol majeur
dim.
dimin
f
f
f
J.M.1859.

Allegro.
N.º 1.
La majeur.
f
p
dolce.
p
Allegro.
N.º 2.
Si b ou La # majeur.
rall.
Allegro.
N.º 3.
Si majeur.
cres.
rall.
p
5
Allegro.
N.º 4.
Ut majeur.
f
f
Allegro.
N.º 5.
Ré b ou Ut # majeur.
p
f
f
rall.
p
N.º 5.
Ré majeur.
p
cres.
cres.
p
rall.

a Capricio.
N.º 7.
Mi♭
ou Ré♯
rall.
pp
Moderato e Legato.
N.º 8.
Mi
majeur
ben tenuto.
cres   ed   acc.
p
Moderato.
N.º 9.
Fa
majeur
dimin.
cresc.
f
f
p
N.º 10.
Sol♭
ou Fa♯
majeur
f p
dolce.
N.º 11.
Sol
majeur
cresc.
p
f
p
Lento.
N.º 12.
La♭
ou Sol♯
majeur
f
p
dolce.
p
51

de Si ♭ ou La # mineur en

Moderato.

N.º 1.

Si ♭
ou La #
majeur.

Recitativo.

N.º 2.

Si
majeur.

Moderato. Allegro.

N.º 3.

Ut
majeur.

Lento.

N.º 4.

Ré ♭
ou Ut #
majeur.

N.º 5.

Ré
majeur.

Allegro.

N.º 6.

Mi ♭
ou Ré #
majeur.

de Si ♭ ou La ♯ mineur en

de Si mineur en

de Si mineur en
N°. 7.
Moderato
Legatissimo.
Fa
majeur
dolce.
cres.
dimin.
rall.
rall.
scherz.
p
N°. 8.
Moderato.
Sol b
ou Fa #
majeur
f
p
ff
N°. 9.
Allegro.
Sol
majeur
sfz
p
cres.
dolce.
rall.
f
f
N°. 10.
Moderato.
calando.
La b
ou Sol #
majeur
p
N°. 11.
Allegro.
La
majeur
f
veloce.
cres.
f
N°. 12.
Adagio e sostenuto.
Si b
ou La #
majeur
p e legato.
rall.
p
f
Fin du 4ᵐᵉ et dernier chapitre.
J.M.1839.